창비시선 107

김정환 시집

희망의 나이

창비

차   례

제 1 부   첫눈의 숫자

첫 눈 ································· 8

사랑노래 1 ·························· 10

올디스 ····························· 11

사랑노래 2 ·························· 14

연하장 ····························· 15

不 惑 ····························· 17

戰 士 ····························· 20

사랑노래 3 ·························· 22

사랑노래 4 ·························· 23

사랑노래 5 ·························· 24

그 분 ····························· 25

사랑노래 6 ·························· 27

元 旦 ····························· 28

백만원 ····························· 30

사랑노래 7 ·························· 31

제 2 부   사랑노래

별 ································· 34

近　況 ··· *35*

人　跡 ··· *37*

죽은 자 通信 ··· *39*

사랑노래 8 ··· *42*

대　열 ··· *44*

滿　場 ··· *45*

名　作 ··· *46*

길 ··· *47*

사랑노래 9 ··· *48*

毆　打 ··· *49*

肉　化 ··· *51*

행진곡 ··· *53*

후　배 ··· *54*

숫　자 ··· *56*

제 3 부　사랑 안팎은 몇겹인가

사랑의 안팎 ··· *60*

파　도 ··· *61*

潛　行 ··· *63*

사랑노래 10 ··· *65*

세　월 ··· *66*

動　搖 ··· *68*

사랑노래 11 ··· *69*

사랑노래 12 ································ *70*

業　種 ································· *71*

안　경 ································· *80*

제 4 부　희망, 8행시

헌책방 ································· *86*

포클레인 ······························ *87*

정거장 ································· *88*

희망의 나이 ····························· *89*

서울 6백년 ···························· *90*

이　별 ································· *91*

社會的 ································· *92*

반　성 ································· *93*

家　系 ································· *94*

그　후 ································· *95*

罷　場 ································· *96*

灼　熱 ································· *97*

손 ··································· *98*

노　인 ································· *99*

맑은 집 ······························· *100*

左　派 ································· *101*

포근한 여자 ····························· *102*

12년 뒤, 결혼 ························· *103*

新　入 ……………………………………… *104*

등 ……………………………………… *105*

종　말 ……………………………………… *106*

해　설 ………………………………… 배 효 룡 · *107*

후　기 ……………………………………… *124*

제 1 부

첫눈의 숫자

첫 눈

사랑노래 1

올디스

사랑노래 2

연하장

不 惑

戰 士

사랑노래 3

사랑노래 4

사랑노래 5

그 분

사랑노래 6

元 旦

백만원

사랑노래 7

첫   눈

처음 보았다
시청 분수대 위로 파란만장하게
눈이 내린다 누더기
소련연방이 해체된다 프라자호텔 위로
낭자한 것이 치솟는다 찬란하게
외투자락이 흩날린다 얼굴에
와 닿지 않고 몇십년 흔들리는 눈이
내리지 않고 허공에 외친다 오 나는
붙들 것이 현실밖에 없다 차가운 내가
너의 따스한 가슴을 붙들고 물방울로
부서진다 갈퀴손, 달리 무엇을 붙들겠는가
모든 것보다 먼저 모든 것보다 무참하게
눈 내리고, 내릴수록 지상에서 가장 두텁게
발 시린 사람들이 귀가한다 지상에서
좌초한 것은 신화뿐이 아니다 이미
눈이 가벼울수록, 멋모르고 발길에 채인다
모든 것은 수혈중이다 창백한 나의 아내도

아침이면 부디 안녕하라 각혈하던 벗들
나는 안다 깊은 곳일수록
무너지는 것이 무엇인가를 튼튼하게 한다
나는 안다 찬란한 것은 아직 비명의
소리의 화려한 껍데기일 뿐이다
처음 보았다, 그래
아스팔트에 몇백년 눈이 쌓인다

사랑노래 1

더이상 너를 빛낼 어둠이 없다
더이상 너의 눈물을 빛낼 꽃이 없다
어둠이 없고 꽃이 없으므로 당분간
네가 없다 아아 네가 사라진다 단 한번
눈부셔라 어둠이고 꽃인 사람아
새벽이 오고 둘 사이 이슬이 무산되는
이 시간 목숨의 불꽃이 다하기 전
이 세상 모든 사람과 마찬가지로
간절하고 싶다 진정으로 사랑한 것은
한순간 집약된 수만년 인간정신의
너와, 너의 명징한 육체적 몸짓이었다

올 디 스

일생의 많은 부분을 공유하다가
죽은 사람은 사진을 보아도 오랜만이다
죽은 사람은 사진을 빛바래게 하지만
동시에 흘러간 시간을 활기차게 한다
오늘도 가슴 아픈 것은 죽은 자가 아니다
그래 어느덧 우리는 살아서 짓무른
시력을 탓하는 나이가 된 걸까
십년 동안 한 시대를 늙어버린 걸까
우린 만났다 광화문 예전 골목에서
십년 후 태양이 야경과 교체되는 세모
예전처럼 악수를 하고 동동주를 시켰다
모든 것이 변해 있었다 예상보다 더
술도 추억도 사진도 그 사이의 세월도
나는 왜 이 시대가 죽은 사람만을
악을 쓰며 예찬하는지를 떠올렸다
악을 쓰며 우린 서로를 부추겨 흥을 키웠다
아무도 취한 사람은 없었다

아무도 부축하지 않았고 부축받지 않았다
그래, 짓무른 시력을 탓할 시간이 되었다
가자, 더이상 한데 뭉쳐 실패할 시간이
우리 세대한테 남아 있지 않다 일어서
우린 각자 가던 길을 가야 한다 흩어져
각자 완벽할 리는 없는 것을 알고 그러나
가야 할 것을 아는 남은 삶의 돌이킬 수 없는
앞날을 望 40 우리는 말없이 받아들였다
낯익은 정거장이 그날따라 외투깃을 올리고
부러 힘을 준 발길이 갈라졌다 그때 올디스
우리 젊은날보다 한 십년 앞섰던 60년대
서양노래가 진열창 앞 밝은 자리를 흘러넘쳤다
어둠 속에 등 돌린 자세로 잠시 멈췄다 나는
고개가 조금 처졌다 끄덕이진 않았다 나는
조금 조용했을 뿐 앞세대도
나을 것은 없었다 아니 그만큼
더 난감했으리 우린 이제사 헤어지고

만나는 방법을 조금 알 뿐 아닌가 다만
앞세대보다 조금만 빨랐기를 바랄 뿐이다
추억으로 밤을 지새기엔 시대가
식구들이 아직 미진하지 않은가
그렇게 우리는 30대의 마지막
정물화를 만들었다 눈이 내리고 그것조차
배경이 되었다 1991년 12월 30일

사랑노래 2

그대여 나는 아직 눈물의 껍질도 못 태웠다
어제는 그것만도 아파서 밤새 전신이 찢어졌다
육체가 얇다는 것이 이토록 고통인지 없으므로
도리어 생생해지는 것이 꽉 찬 이승인지 그대여
우리 있었으므로 그리 얇았고 헤어졌으므로 그리
깊어질 수 있다면 나는 아직 아픔의 껍질만큼도
벗겨내지 못하였다 흔쾌히 그리고 벌써 온 세상에
새하얗게 눈이 내리고 지붕이 하늘로 열린 지하도
질척한 계단에서 누추한 이상이 지쳐 앵벌이하는
어제도 그랬다 내일도 그대여 이만큼만 상하고도
벌써 구체적으로, 후각으로 느끼는 나는 아직 얇은
것인가 다행인가 오늘도 몇천년 바라는 것은
그대 무사귀가일 뿐, 먼 길이 멀수록 꿈틀거린다

연 하 장

우리가 망한 건 망한 거다 壬申年 우리만
그런 게 아닌들 몇백년 전 세한도가
우리들 열광의 추억으로 남을 턱이 없고
그럴 필요도 없다

당선하세요 꼭, 형
난 형 세대가 출마하는 것에 찬성이에요
과거를 보는 게 아니라면 우린 다음을 위해
갈라질망정, 번듯하게 살 의무가 있어요
다행히도 자리가 여럿이라니까. 우린 그만큼
찢어진 것은 아니잖아요 당선하세요 꼭, 형

세한도 소나무가 가라오케를 틀고 있다
대통령보다 힘든 게 국회의원 선거라는데
동네 한량 몇십명 앞에서 아직 囹圄의
소나무가 차마 제 혼자 춤추진 못하고

악수를 청한다

몇 년 전

결별할 때도 그랬지만 피눈물 난다, 정말

不　　惑

시력을 의심할 필요는 없다 청력도
수억만명이 피를 흘리는 옛날 이야기가
제 목구멍이 되어 사람들이 게걸스럽고
행복하다 나도. 내가 시인인 것은 단지
그러므로 내 웃음소리가 내 목구멍 속에서
거꾸러져버렸다는 것을 알 때뿐이다
모든 것이 반을 넘었다 내 나이도
그리고 여생을 미리 보며 사람들이
감동하다가 세월도 역사도 잊어버렸다
죽음이 싫기 때문이다 나도. 내 목구멍
한 구석에서 희망의 계단이 무너져내리는
것을 느낄 때만 살아있다. 그래. 불안하고
그만큼 희망찼던 대륙이 무너졌다 그래
나이 탓만은 아냐. 나는 견고한 희망의
뿌리가 통째로 뽑혀, 현실의 창을 박차고
머리칼같이 길거리에 흩날리는 것을 본다
아귀같되, 집착치 말거라 제발

돌이켜보면 부서지는 것은 과거뿐이다
그것도 뿌리를 내리면 그 즉시 오래된
발톱처럼 저절로 분쇄되기 시작한다
그래. 나는 텅 빈 것이 뭇 가슴을 이루고
뭇 가슴이 산맥으로 불끈 솟는 밤을
다스려야 하는 불혹을 맞고 있다
쓰다듬으라 쓰다듬으라 나는 내일
처음 보리라 추운 겨울과 더운 여름을
식구가 없는 심심한 방을
악을 쓰듯 흥겨운 친척들의 명절날을
모두 고단치 않은 삶은 없었다 오
그렇다. 무언가가 마구 떨릴 뿐이다
모든 것이 단련되고 있다
희망도. 현실도. 무엇보다 현실의 창이
신화가 무너지고 역사가 시작된다
미지의, 내 불혹의 나이에.
텔레비전만 탓할 일이 아니다

간직한 것이 어디 있단들

살아있는 동안 불안치 않을 수 있으랴

세상이 불야성인 것은 불안 때문이다

戰　　士

우리에게 전쟁이 없었던 것은 아니다
오늘도 아버지는 공산당은 말라고 하셨다
6·25전쟁 종식과 더불어 평생 국방군이 승리한
아버지는 요즘 부쩍 복부 총알 상처 얘기시다
된 일이 없지 앞으로도 할 일은 많다고
얼버무렸을 뿐 난 그 움푹 패인 아버지의
상처에 대해서도 공산당에 대해서도 함구였다
어머니가 그 고생을, 하며 안쓰러워하셨지만
문제는 스스로 베테랑 전사라는 사실을
우리가 아직 모른다는 것이다 소설에 나오는
베트남전쟁 영화에 나오는 것과 다른
투쟁을 겪고 우리는 그것과 다른 전사가 되었다
아버지와 다른 산전수전의, 어머니와 다른
애정의, 6·25전쟁 세대와 다른 공산주의자의.
그러므로 가장 어려운 것은 몸에 난 상처를
아직도 우리가 선호한다는 것, 그리고 당연히
현실은 우리에게 그런 상처를 주지 않는다

그리고 우리는 지금 엄연히 패배한 전사이다
없는 것은 전쟁도 아니고 전사도 아니고
깃발이고 타고 갈 막차고 찢어질 가난이고
유형의 보도지침이고 미련한 독재자고 촌스런
여당이다 그리고 전사여 우리 안에 있던 모든
반대의 한계의 절망이, 현실로 외화되고 있다
역사상 쓰렸던 모든 패배들이 현실에서 중첩되고
스스로 무거워하고 있다, 텔레비전 화면이나
헛바닥 신문지상보다 더 먼저. 몽둥이도 없다 그리고
가장 끔찍한 사태가 벌어진 것이다 전사여 깃발을
어디서 찾는가 깃발은 드는 것이 아니다 현실 속에
묻고 또 묻는 것이다 아버지 어머니 제 가슴은 붉고
붉은 깃발로 최소한 현실 속에 어색하지 않으렵니다

사랑노래 3

이제서야 우린 만난 것이다, 살 섞으면 초라하다 지독히

구체적인 그 모습 그 후 수천킬로로도 장거리통화 중이듯

흐린 눈이 올 듯 말 듯한 눈에 삼삼함이듯 멸망은 그런

이별 같은 것 허망한 것은 삶일 뿐 다만 멸망은 떠나가지

않고 왔으니, if의 현실로, 70년 만에. 다 살지 못할 삶이

미리 원통할 뿐, 잘 왔다 그대 멸망, 쏟아지는 눈이 지상의

시간에 머물며 두 뺨의 눈물로 녹아내리듯이, 안녕 그대

사랑노래 4

진지하고 우울했던 시대
그 옛날 좋았던 나이 든 유행가가
문득 깨우쳐주리 용서하라,
그렇지 않으면 타락한다

사랑노래 5

한 시대가 끝났다 구겨진 종이처럼
슬퍼할 자격이 있는 사람은 또 몇?
구겨질 자격이 있는 슬픔은 또 몇?
한 시대가 끝났다 잊혀졌던 필름에
추억은 또 몇? 희망은 또 몇 미터?
피비린 것은? 견고한 것은? 성난?
촉촉한 것은 의문부호뿐 어여뻐라
이 다음 눈물방울로 똘똘 뭉쳐 그대여
패배가 있었고 다스린 육체가 남았다
그것이 너의 것이다 온전히, 불멸하라

그   분

후대뿐만이 아니다

나는 물표면을 딛고 선 예수처럼

50대 그분도 사랑한다 화를 잘 내는 것은

체력이 달리기 때문이라고 그가 말했다

옳은 말이다 그는 나보다 더 유물론적이다

내 걱정은 그보다 연조가 짧고 아직

그만큼 더 살벌하다

이 튼튼한 아스팔트 속에 내가 모르는

음산한 물고기가 살고 있을까봐 나는 두렵다

어른도 자기주장을 세울 시대가 되었다

그만큼 그분의 혀는 기성세대 쪽으로 굳었지만

그 굳은 혀를 보는 것은

나의 미래보다 더 오래된 과거를 보는 것이지만

비가 부슬부슬 내리고 고층빌딩 불빛들이

내 발 밑으로 흩어져 더 깊은 곳을 비추는 동안

난 내내 그분을 붙들고 싶었다 몇십년을 더 앞서

그분은 횡단보도를 건너갔지만 그분이 남겨준 것은

결론이 아니다, 난 그분보다 젊은 만큼 그분보다
나을 수 있을까, 그분보다 몇십년 후에, 여기서?

.

사랑노래 6

오 따스한 곳으로 내 자신을 삽입시키고 싶다
통째로 위축된 몸이 그러나 섣불리 성내지 않고
더 안온하게 위축될 수 있을까 마지막 헐벗은
그곳에서 헐벗은 시대는 갔으므로 더 깊이 더
깊이 최소한 멸망보다 더 깊이 멸망의 뿌리보다
더 깊이, 들어가는 것이 아니라 나갈 수 있을까
문이여 사랑이여 그때까지 형체를 유지해다오
부서지지 말아다오 내가 너를 빠져나갈 때까지
그러므로 네가 영원히, 앞에 있나니 날로 새로운
영혼과 육체로서 세상이여 문이여 그대여 관통
젖비리다 그대, 그러므로 사람만의 기쁨이다

元 旦

이제 모든 것이 제 정신을 찾는 것 같아
그리고
정신 차리고 보면 끔찍하다 모든 것이
아침부터 열광하는
여성주간지 뒤에
입원해야 할 알콜중독자가 있고
지불해야 할 위자료가 있다
그것만이라도 다행이다 뭔가 맺고 또
끊는 것이 있으므로
하지만 벌써 날이 저물고
식구들과의 세배가 너무 밝아 안쓰럽다
그래 우선은 배고프기보다 간절한
시대를, 될 수 있으면 굵게 잇기 위하여
식구들과 더 굉장치도 않은 식구들의 바깥과
떡국을 먹고 덕담을 해야 한다
일치한다는 것만 능사가 아니지
그것 또한 단합대회처럼 초라하다

서로 다른 것을 슬기롭게
다스려야 할 元旦 그러나 벌써
날이 저물고 술 취한
사람들이 집 아닌 곳을 찾아 방황한다
내일 다시 해가 뜨고
속이 쓰릴 뿐 더이상 끔찍하지 않으리라
그러기에는 어젯밤 이미 죄가 많다 元旦

백 만 원

긴 터널을 뚫고 지나온 아침이다
그대로 하여 그렇다 꿈도 사랑도
오늘도 나는 백만원쯤 꿔야 한다
사는 게 그렇다 많은 것도 그렇게
적은 것도 아니다 삶이여 내가
역사적인 것은 아직 그것뿐이다
빚은 몸무게만큼 늘지 않는다
빚은 게으름만큼 늘지 않는다
오늘도 나는 좀 모자라다 그대여
그게 내 사랑의 방법이다 오늘도
터널 끝에 백만원이 남아 있을까
그것이 내게 전화 걸게 하고 문명이
충족한 대낮을 다시 또 터널이게 하고
역사이게 한다

사랑노래 7

그대여 깊어가는 이별이
시린 온밤을 충만케 합니다 그치요
사람들끼리 어찌 이별뿐이겠습니까

제 2 부

사랑노래

별

近 況

人 跡

죽은 자 通信

사랑노래 8

대 열

滿 場

名 作

길

사랑노래 9

毆 打

肉 化

행진곡

후 배

숫 자

별

난 요새 별을 보면
뭔가 배경이 있는 것 같아
뭔가 어긋나고 있거든
그게 맞는 것 같아
그리고 진실은 항상
참담한 것 이상으로 위안이 되지
어긋난다는 것 그리고 이유가 있다는 것
그게 의미인 것 같아 죽음 앞에서는
빛의 속살이 어둠이고 어둠의 속살이
따스한 기쁨 아닌가

近　　況

오늘도 둘이 갈라져 싸웠고 또다시
싸우지 말라는 파가 생겼다
그래서 우린 언제나 그랬듯이
양파가 아니고 삼파다
요즈음은 그 파가 딱히 이빨 빠진
호랑이가 아니다 기세등등하게 양쪽을
종파주의로 몰아부치는 그 파는
세배도 다니고 집집마다 왁자지껄하다
빌어먹을 놈의 좌파라며. 물론
죽은 자들에 한해 그들은 안심하고 칭찬한다
오래 됐을수록 더욱
아하 그 파는 주로 관혼상제 때
창궐한다 그 밖으로까지
범람하여, 싸우면 안된다고 멱살을 잡는
점에서만 그들은 이전과 다르다
벌써 늙어가는 걸까 한 파인 나는
다른 파는 견뎌도 또 다른 파는 벅차서

이따금씩 그들에게 화를 낸다
평화와 평화주의자는 다르다고
그러나 잠들지 않아도 내 이빨은 이미 틀니이다
한 십년 쥐죽은듯 이를 악물 놈은 할 수 없고
그 외엔 와서 겨라 겨 그래야 받아준다 그렇게
텔레비전은 수십억짜리 휴맨광고를 하고 난린데
그것만도 그리 함부로 볼 것은 아닌데
깜깜한 김에 좌파 차라리 한 십년 멀리,
그 과정을 보면 둘의 차이를
엮어가며 감당할 수 있을까 몰라 우리
사실 현실에 비해 크지 않았으므로
갈라진 것이 그리 크지 않았으므로
한 십년 멀리, 그러나 긴박하게 보면
진실로 작은, 그러므로 소중한 패배라는 것을
깨달을 수 있을까 몰라 우리, 현실을 향해 좀더
넉넉하게 갈라질 수 있을까 몰라 우리

人　跡

그대를 만나고 돌아오는 밤은
번화간데도 인적이 드물었다
나는 안다 인적 없는 인파가 얼마나
성난 물고기떼 비늘 파닥이는 파도 같은지
김치 비린내 사라진 사무실마다
외롭게 모인 사람들이 이 시간
비슷한 처지가 없을까 전화를 돌릴 것이다
든든하지 않고 쓸쓸한 확인을 위해
애시당초 우리가 밥을 위해
가난해서, 이 일을 시작했던 것은 아니었다고
막말로 본전 아니냐고, 돈 벌려면 이 짓 했겠느냐고
쓸쓸하게 웃다가, 힘을 내서 시시덕거렸지만
그럴수록 더욱 을씨년스럽고
컵라면 국물로 잠시 뜨거운 가슴이
이내 궁상맞게 식는
거의 폐쇄된 사무실을 나는 안다
괘념치 말아다오 너의 행동을

너뿐만이 아니고
나 또한 네게 무언가를 거절한 것임을 나는 안다
인적이 드문 것은 내가 아직 무언가를
찾고 있다는 뜻이다 너 또한.
나는 남아 있는 사람들이 더 걱정이다
너로 하여, 사무실 또 하나 폐쇄된 듯한데
너로 하여 팔 하나 잘린 듯한데
왼쪽이 뭉툭할 뿐 아프지 않은 내가 더 걱정이다
내 가슴 속 인적마저 왜 이리 드문가
나는 기다림만으로 황폐해져갔던
그리고 뻔뻔스럽게 그것을 옹호했던
역사가 반복될까봐 두렵다

죽은 자 通信

반성이 모자랄 때 나는 죽은 자와 통신을 한다
이승에서 가장 시끄러웠던 그곳 저승엔
억울함이 없고 행복과 불행 사이의
동요가 없다 따지고 보면 Klassic의 세계도
그렇다 다만 거꾸로일 뿐 이승에서 가장
조용한 그곳엔 저승까지, 이어지는
가장 기인 고통이 가장 고요하고 아름답다
그렇다 나는 살아서 아직 억울하다 바보같이,
아직 반성할 것이 내게 남아 있다는 뜻이다
음악이 죽은 자의 음성으로 생기차게
살아있음에 물기를 더해주는 아침 10시부터
내게 혁명은 실업자다 비겁하게,
나는 늦은 아침 반찬을 받고 아내가
아이들을 자기 편으로 조직하지 않았을까
의심한다 쥬스컵에 입김을 불며 내 입내를
확인한다 험담으로 확연해진 구린내를
죽은 자는 깨끗하다 일그러진 분신도

그리고 당분간

살아서 음악은 밤까지 이어지리라

내게 나 이외의 세상 말고는 아직 그것이

가장 유물론적이다

그렇다 나는 아직 뉴스를 보지 않는다

이유는 정확히 반반이다 잘 될 리가 없다는 것과

잘 안 될 리가 없다는 것

그렇다 내겐 아직 새로운 변증법이 없다

나를 내 바깥과 연결짓는 유일한 선은

죽은 자뿐, 이룩된 것뿐이다

그렇다 누릴 것이 없다면 당분간

우리는 역사를 음미해야 한다 움직일 수 없다면

우리는 무엇이 우리를 움직여왔는가를

발바닥에 더 두껍게 느껴야 한다

나는 내가 쫓아냈던 것 속으로

쫓겨 들어와 있다 다름아닌

선대의 업적 속으로

나는 살아있다 아직 현실을 위해
멸멸할 수 없는 삶으로 오
다음 세대는 실패하면 안된다 그것을 위해
나는 명멸할 것이다 더 단호하게

사랑노래 8

그대는 지금 한줌이다
사랑한다면 내일은 더 그럴 것이다
내 수중(手中) 또한 그대의 수중 속에 있다
집착할 것은 더 미세한 씨앗이다
잦아든 것은
집약, 물방울로의.
가슴은 무엇을 닮아 미리 격동하고 있는가
나의 통로가 여직 분출한다
무엇을 향해 확대되고 있는가
적시지 못했을 뿐 베갯잇뿐
세상은 우리 때문에 더 마르지도
더 비옥해지지도 못했을 뿐이다
집약, 물방울로의.
그대가 기를 쓴다, 연기가 되기 위하여
누가 누구의 가슴에
최후의 손을 얹고 있는가
싹이 트고 있는가 뜨거운

그렇게 우리는 일생동안

몇천만년을 살았다 앞으로도

해가 뜨고 뒷세대는 더 침대가 넉넉하리라

대   열

벌물 켜듯 기다리던 때가 좋았다
지상의
전철역 지붕은 반나마 열려 있다
이제 반쯤은 비를 피해야 한다
내가 남길 것은 생애이다
돌이켜보고 싶을 때 후회가 극성이다
이제 어깨를 적시리라 전철을
기다리는 사람들 속에서
행렬이 긴 것은
떠나간 것은 다시 오지 않는다는 뜻이다

滿　　場

오늘도 나보고 기죽지 말라는 자는
실상 기죽은 자다 그렇다 무언가
한 시대가 갔다, 30년을 마무리짓는 출판기념회장
우린 망년회를 치르다가 해를 넘겨
신년하례식을 맞았다
너는 그 시대에 무엇을 했기에 그 시대가 갔는가
그 물음에 그러나 다음 세대는 답하지 않는다 滿場
무엇이 갈라진 채 저토록 넘쳐나고 있는가
아직 80년대인 사람들이 바깥에서 웅성댔다 滿場

名　作

어두운 시대의 명연주를 듣는다
명연주일수록 어두운 시대를 듣는다
트리오나 4중주, 명연주일수록
어두운 것은 그들의 시대인가
나의 시대인가 단지 세월이 흘렀을 뿐인가
몇 사람이 아직 과거와
눈물 흐린 언약을 맺고 있는가 명작은
그 역사로 하여 그것의 삶과
우리의 삶을 감동적으로 구분짓는데
앞으로, 나의 역사는 무엇인가
쓸쓸할수록 간절했던 시대는 끝났다
음악이 커텐보다 더 아늑하게 방을 채우는데
앞서가는 시대의 선율이 되고자 했던
내 노력은 수포로 돌아가고, 당분간
천박한 흉내처럼 뒷머리가 벗겨진다
당분간 우린 결코 과격한 사람이 아니라고
묻지도 않은 질문에 답해야 한다 명작은
내 두피의 일부까지 마비시킬 것인가

길

길이여 아직은
네가 갈라진 곳에 사람들이 붐빈다
그렇다, 아직은 네가 제일 허하다
내 마음이야 너한테 비기겠는가
타락한 자 어쩌라고
카페에선 엥콜신청을 받아주지 않는다

사랑노래 9

님이여 나는 이별약속을 또 하루도 못 지켰습니다
사랑은 혓바닥에 온몸 뜨거운 분신인 것을 오죽
괴로웠으면 주역에 심취한 사람들이 내게는 현실의
척도입니다 더 밝고, 더 더럽게 살기 위하여 님이여
아침마다 일간스포츠를 읽고 모든 것이 통로임을
님을 향해 받아들입니다 모든 것 속에 모든 것 그
너머에 있는 님이여 대단한 것은 아직 그 배후가
대단치 않다는 증거일 뿐입니다

毆　打

그건 사실과 다를 게야
우리도 이젠 나이를 안 먹는 것보다
잘 먹는 걸 고민할 나인데
누가 누구를 팼겠니
괜한 추억일 테지
우리도 이젠 팰 일보다
맞을 일이 더 많다는 뜻야
모든 게 타락할 채비를 갖춘
나이 아닌가 마침 시절도 그렇구
좋게 생각해 난 그 친구 시는
맘에 안 들지만 그건 별로
양심과는 상관없다는 생각이 드는군
나도 늙는가부다, 뭐 그랬다며 괜찮아
그 편 사람들도 우울한 거라고 생각해
그것도 별로 위안삼을 건 못되지만
뭐 그렇다며, 소련이 망해서 제일
골치 아픈 것은 미국이라고. 그것도

별로 달가운 얘기는 아니고. 다만
그렇겠지 상실에 대해 너무 아파한다면
두번 패배한 것이다. 단련되는 것 중
제일 힘든 게 외로움이라는 건 알겠어.
의외로 그한테 그런 면이 있다니.
특수성의 전성시대는 확실히 끝났고,
다만 일반주의의 독재를 경계해야 할
이 시기에. 확실히 그는 도꼬다이야.

肉　　化

오늘도 근심하지 않는 자는 또한
기죽은 자다 나는 최근 몰골이 수척한 사람들을
마음에 들어하는 버릇이 생겼다
물론 버릇이란 길게 본다는 뜻이다 그리고
뭐든 되는 일이 없는 내게는 지금
근심의 육화처럼 든든한 게 없다
잊을 만하면 어김없이
선거철이 돌아온다 난장판은 무엇의 육화인가
그것은 잇는 것보다는 끊는 쪽에 가깝다
그러나 내게는 그것이
이미 끊어진 것의 육화처럼 보일 것이 더 두렵다
대한민국 어느 누구도 소련대표는 없다
누가 딱히 소련의 멸망을 책임질 것은 아니다
그러나 나는 사회주의가 일단 망한 것이 왜
우리가 일단 망한 것의 육화가 아닌지
정말 난해하다 왜 패배한 자에게 세월은
마냥 거꾸로 가고 있는가

途上이 아니었다면 나도 이제사

난장판도 패배도 증오하지 않았던 네가 미우리라

더 크게, 도상에서 패배하기 전에 도상의 끝이

무너졌다 무엇보다, 이상이 아닌 현실이

그게 아니라면 나도 이제사

틀린 여당이 되느니 차라리 옳은 야당이 되리라 했던

나의 과거를 괴로워하리라 그것도

실패가 아니라 단추를 잘못 끼운 쪽으로

다시 우리는 결혼과 출산과 돼지우리 같은

계획을 짜리라 그러나 애써 부인하는 자여

흔쾌하라, 애시당초 기피됐던 것은 충격이고

육화해야 할 것은 더 깊은 과정이다

어차피 끝은 실패할수록 더 확실한 육화이다

길길이 뛰며 네가 장식하는 것은 더 큰 패배이다

더 낫고자 하는 노력은 일단 망했고 우리 탓이고

그러나 영원히 끊어지지 않을 뿐이다

행 진 곡

피아노의 옷은 가난하다
아이들이 놀고 있고 부인들만 반가워한다
화려하게 눈물을 흘렸던 사람은 이제 와서
정작 슬프다, 겨우 장만한
피아노의 집은 가난하다
노래는 대머리를 걱정하지 않는
밝은 노래가 가장 허한 노래이다
우린 무슨 노래에 피아노의 옷을 입혔는가

후   배

후배는 아직 하드록 카페에 있다
어둔 조명이 무겁고 사람들이 웃고 떠들고
그것만으로 음악이
흘러간다 세월이 신촌 길바닥으로
아직이란 못마땅하다는 뜻이지만
한탄하지 않는다 적어도 그들의 어린 세월이
보다 모질고 보다 넓었음을 인정해야 한다
물론 아직은 그들이 느꼈던 고통보다
침략이 혹독했다는 뜻이다
NL은 딱히 무지하거나 열정이 과학적이지
못해서가 아니다 젊은 날의 고통은
쑤시기보다 외부에서 후려치는 느낌이
더하다는 것을 나도 알 만큼은 안다 무엇보다
하드록을 하면서 사회주의를 논하는 그에게
가난한 운동가요로 그냥 밀려온
나는 무엇으로 선배인가
아직 나를 지지해주는 그가 고맙다

그와 나는 몇 겹을 풀어야

연결할 수 있을까 어둡지만 찬란한 밤과

맑은 정신이 확인할 것은 패배뿐인

쨍쨍한 나의 낮을.

후배의 밤이 더 밝을 뿐 아니라

더 찬란하기도 한 낮으로 이어지기를 바란다

후배는 아직 하드록 카페에 있다

숫　　자

10년 만에 전세가 뒤바뀌었다
72학번보다 네 학번 높은 그 앞에서
이제 내가 자격지심이다
그는 죽은 사람이기도 하지만
살아서 먹고 사느라 멍든 사람이기도 하다
뒤바뀐 것이 그리 노골적이지는 않다
오래 살수록 추하지 않게 산다는 게
참 힘들고 장한 거라는 생각이 든다
그 함수관계가 구체화된 그의 몸집 앞에서
나는 가끔 아스라이 깜깜절벽이다
그것도 그가 강조해서가 아니다
나도 그에게 질타 위주의 술자리를
강요했던 적은 하긴 없었다 그게
그와 나를 잇는 유일한 끈인지도 모른다
4년 위 그의 생활에도
8년 뒷세대의 요구에도 조금 못 미치는 만큼만
나는 그의 후배이고 뒷세대의 선배이다

그리고 한살을 더 먹고 후배들이 조금씩
반복하는 것이 보인다
이제 묻지 않아도 4년 위인 그가 구태여
빠져나간 그의 세대를 해명하지 않는다
무엇보다 그는 덧붙이지 않는다
그리고 묻지 않아도 내가
그에게 후배들을 변명해줘야 한다
'바로 밑세대만 본 게 형의 불행이야
그 밑은 안 그래, 더 깊을수록 더 넓어지더라구
당파성이 원래 그런 것 아니었나?' 아니
그런 얘기는 전에도 했었다
전세가 바뀐 것은
그한테 구차해져서가 아니다
나는 후배들이 조금씩 반복하는 것이 보이고
묻지 않아도 4년 위인 그에게 해명한다
그리고 누구나 연결고리인 채
조금은 공허한 세대일 것이 나는 보인다

역전된 것은 그것보다 훨씬 크다
나는 그 공허함이 혹시 후배한테 내려갈수록
더 커지는 것 아닐까 두렵다
그래 내가 연결고리보다 늙었을지 모른다
그러나 역전은 그보다 훨씬 더 크다 그렇다
역전보다, 확인되었다 십년도 더 늦게
손으로 모여 있던 우리들이 얼마나 약소했던가
울타리의 밑바닥이 깊을수록 왜소하고 그러나
우리들이 배척했던 것의
밑바닥은 얼마나 거대했던가
그것들의 경로는 얼마나 엄정했던가
그리고 달라진 것은 사실 방향이다
오기를 바랐던 그곳으로, 우리가 가야 한다
나는 그곳에서 다시 내가 반복할까봐 두렵다

제 3 부

사랑 안팎은 몇겹인가

사랑의 안팎

파　도

潛　行

사랑노래 10

세　월

動　搖

사랑노래 11

사랑노래 12

業　種

안　경

사랑의 안팎

오 사랑의 겹과 겹, 벗겨진 양파껍질보다 깊은
겹 그 속에서 또 겹, 죽음과 나이 든 희망의 화해
그 사이 명징하여 들여다보인다
밀착하지 않을 뿐, 역사와 역사의 육체 사이
멀수록 사랑 안팎은 몇 겹인가
안은 세월이고 밖은 영원인가 오 멸망의
겹과 겹 아직 멸망한 것만 영원할 뿐
그 사이 화려한 화장품 내음
아직 없고 고단하다 코피 터져라 삶이여

파   도

나는 요즈음 그 친구 때문에 안심이다
아직은 남한의 바깥 때문이 아니고
우리들의 마음 때문인 것이 더 크지만
뒤집어보면 그것은 소련 때문이기도 하고
우리들의 밑바닥을 위한 것이기도 하다
망한 소련의 일반국민들처럼
그는 순박하고 눈이 고요한
우두망찰이다 예술을 포식한 소처럼
남한의 출판사에 근무하는 그는
치즈를 사러 장사진을 치지 않는다
그렇다 나는 그게 안심이다 첫번째는
그와, 이조시대처럼 착한 그 아내의
생계를 위해 그리고 두번째는
혁명의 나이를 위해
와해된 세계의 밑바닥에
무언가가 든든한 것이
깔리고 있기 때문만은 아니다

그 친구와 나 사이에 소련 혁명의
굶주림의 멸망의 역사가 깔리고 무언가가
전화된다 40대 위로, 그리고 나는
혁명적으로 안심한다 후대를 위하여
희망이 갈수록 기억력 쇠퇴인 채로
혁명과 혁명의 육체 사이가
보다 명징해지는 것을
그와 나는 볼 것이다, 살아서

潛　　行

내게 잠행은
이미 현실에 안주하기 싫어서이다
위로도 아래로도, 그러나 그것은
당분간이다 밑바닥을 보면
신식국독자는 예전과 다르다 나는
더 깊이 잠행할 것이다 소련이 망하고
신식국독자가 깊어지는 세계를 맞고 있다
예전에 여럿이었다는 게 나는 믿기지 않는다
오늘도 무수히 착한 사람이 성난 사람으로
변하고 있다 그들의 겉은 온화하다
그들의 속도 예전처럼 성난 것은 아니다
매스컴의 충격완화 장치를
그들은 먹고 산다 그들이 그들 스스로에게
충격을 완화시킨다 이미 그것은
매스컴이 완화시키는 그 내용이 아니다
잠행할수록 물론 그들은 물고기가 아니다
갈수록 젊어지는 시대가 갈수록

무게있게 沈澱한다 여전히 출옥한 나를
미안해하는 세상이 맞는다
그것도 지겹다 뭔가 넉넉하게
새로워지지 않으면 안된다 당도,
당이란 말도, 미안해하는 것은
무게를 향해 가라앉으며
겉껍데기만 보여주는, 순간이라는 뜻이다
그게 쁘띠이다 그게 전체로 보인다면
쁘띠는 쁘띠가 아니다 네가 쁘띠일 뿐이다
나에겐 희망이 난해하고 투명해보인다

사랑노래 10

간신히 우리는 유선상으로 연결됐고
목소리와 목소리 사이 온 천지에
눈이 펑펑 쏟아졌다 이제 우산살로는
아무것도 가려지지 않는다 그 위를
눈이 뒤덮는다 내복 속까지 파고든다
그렇다 바람이 분다 제 혼자 앙상한,
그렇다 뒤덮일 수 없을 만치 크기 위해
우리는 더욱 넓게 뒤덮여 있어야 한다

세   월

나는 안다 내가 최근 한자를 많이 쓰는 것은
딱딱해지기 위해서다 그것은 내가 스스로
뭔가 흐물흐물해졌다는 뜻이다 돌이켜보면
나는 아직도 갇힌 것과 청초한 것, 자유와
넘치는 것을 구분하지 못한다 더 돌이켜보면
어제의 삶은 4각형뿐이었고 더 어제는
쓸데없이 늦는 일이 늘어났다 더 어제는
방송작가가 내게 괜히 미안하다고 했다
작은 시간은 뒤죽박죽 겹쳐 있지만
큰 시간은 세월이 그토록 빨리 흐른다
나는 돈 안 드는 그의 인삿말보다
거짓말보다
유수를 넘어 총알 같은 세월에
긴박하지 못하고 조급한 나를 반성한다
그는 깨끗치 못하였어도 훨씬 깊이 가 있다
아니 깨끗함을 나는 모른다 그것의 나이도
그것의 역사도, 그는 깨끗할 수 없는

촉수의 깊이에 가 있고 나는 오늘도
불리한 무기만 동원하여
유리한 고지를 점하려는 후배들을
설득하느라 허울만 남았다
내가 후배들을 만나는 것은 실상
후배들의 바깥에 모든 것이
마련되어 있기 때문이다
내일은 더하리라 내일 나는 흔쾌히
누구의 형식이 될 것인가

動　搖

고요의 본질은 동요이다 그리고 동요하는 것만
원래 살아있다 당파성은 가장 크고 가장
육체적인 동요이다 내가 걱정하는 것은 실상
우리의 동요가 몰래 애인을 키우는 것만도
못한 시대착오를 배경으로 하기 때문이다 그대여
우리가 키웠던 것은 혁명이었다 그리고 무엇보다,
그대보다 더 깊이 시대가 동요한다 최소한
육체적으로 역동하라 동요에도 당파적인 것과
굳은 것이 있다 얼마만큼 넓혀놓고 또 더 깊은
상처 딱지로 앉을 것인가 그 뒤는 현실이 이상보다
당대적일 것인가 내게는 그것이 관심사이다

사랑노래 11

작은 잠을 깨는 것은 선정적인 대중가요이다
더 큰 잠은 기다려라, 그때까지 불결한 나이가
단지 시기하리라, 새로운 것과 천박한 것이
서로 우쭐대리라 한 십년 그러나 그것만이
아직 살아있다 잠 속의 잠은 또 얼마나 먼가
통로가 거대하다, 육안으로 볼 수 없을 만치

사랑노래 12

내가 만난 거리에 누가 있었는가
누가 거리를 이뤘는가 반가워라
반가움의 역사 그 사이 슬픔의
뼈대 하나 버티고 있다, 완강하게
뒷세대도 뭔가 달라져야 한다

業　種

그가 전화를 했다
전화 속에서도 열 살이 많고
오랜만이라도 늘상 미안하다는 그가
나는 괜히 죄송하다
그것만은 아니다 따지고 보면
그는 나한테만 그러는 것이 아니다
전화 속에서도 얼굴 표정이 쪼글쪼글한
그의 미안한 진심을 나는 폭넓게 믿는다
그가 우경화된 것이라는
후배들의 판단에 나는 대체로 동의한다
그는 경력으로도 미안한 마음으로도
후배들 여러 파를 통합시킬 수 없었다
통합시키지 못했다는 것은 그가 중심에
있지 않다는 것이 아니고 세상이 얼마나
갈라져 있는가를 보여준다는, 그가 순정파이고
逆의 중심이란 뜻이지만
살벌하고 과격한 정도에 따라 좌파-우파

서열이 정해지는 逆의 역사도 그의 역사 속에
엄연히 존재한다 그리고
뒤가 켕긴 물결들이 그에게로 몰린다
그게 영원한 그의 밑바닥 역할일 수도
그가 두루 죄송한 이유일 수도 있다
그러나 그 또한 최종적으로 판단되려면
판단한 자가 누구였는가를 또 따져봐야 하는
불행에서 벗어나 있지 못하다 가령
극좌파가 그를 우파라고 한 것이라면
그는 정통좌파다 그것만으로도 당은
차라리 있는 게 낫다 그는 선거에 나섰지만
부탁은 못하고 머뭇거렸다
믿지 못해서가 아니다 미안해서다
몸 전체가 굽고 오그라든 그의
진실로 인간적인 사회주의가
나는 전화만으로도 눈에 선하다
그날은 회의도 있고 해서 곧 전화를 끊었었다

그러나 이내 마음이 뭐하여 후배들한테
난 신년 술자리 덕담으로 업종 얘기를 했다
우리가 아직 좌파인 것은 단지
현실을 모르는, 순수한 예술가를
벗어나지 못했기 때문일 뿐인지 몰라 우린 아직
그를 우파로 몰아붙일 자격이 없는지 모른다
전혀. 너무 많다는 것은 아직, 모자라다는 뜻이다
그와 우리의 차이는 그만큼 밀접하달까 갈수록
내가 듣기에도 내 말은 스스로 울먹이며
항변이 짙어갔다 업종을 생각해보라고
레닌에 비하면 고르끼가 10분의 1이나 되겠느냐고
죽은 자가 뒷세대를 책임질 수 없는 것인데
이제 역사적으로 그가 전세계적으로 또 남한에서
맑스보다 행복한 사람이었다고 결코
할 수 있겠느냐고 그렇다면 마르크스 또한
이제 70년 동안 행복했다고 할 수 있겠느냐고
'죽은' 레닌의 좌절을 보다 큰 희망으로

물화시켜내야 할 '산' 사람들은

참으로 허약하게 자신의 우려가

현실화될까봐 전전긍긍해왔다

레닌이 살았던 당시의 레닌과 정반대로

우리들의 과학적인 우려는 현실화되었다

우려하지 않았던 사람들은 여전히 뻔뻔스럽다

그리고

모처럼 적중된 예상을 대하는 '과학적' 이론가들의

얼굴은 창백하다 아하, 과학은 다시

백수의 탄식으로 화해간다

패배보다 더 희한하게

예상이 적중했으므로 과학을 포기하고

이상을 포기하는 쪽을 택했다

그리고 이제 후대가 제멋대로 세운 동상이

허리 동강나고 우상을 넘어

모든 게 정작 레닌의 시체 탓으로 돌려지지 않어?

덕담치고 너무 거창해서

나는 다시 화제를 조였다
세상에게서 그들에게로
그래서 그가 내 배경이 되었다
작게든 크게든
그것 또한 현실로 인정하는
그가 더 현실주의 아니겠느냐고
우린 상처를 전세계화하고 있는 수준 아니냐고
무엇보다 우린 업종이 좀 낫잖느냐고
그한테야 매일매일이 생애를 무산시키거나
최소한 결정짓는 승부수 아니겠냐고
그에게도 현실이 변화되는 부분은
오히려 생각보다 너무 적을 것이다
나는 괜히 흥분했다 이번엔 그가
후배들의 배경이 되었다 뻬레스뜨로이까도
기껏 인민의 굶주린 배를 거둬 먹여준
예술가 따위의 이상주의가 난리를 쳐서
굶주린 인민들에 대한 연민의 끝이

그토록 무책임했던 것 아니겠느냐고
그나마 다 망한 후에 악의는 없었다고
발뺌하는 꼴 아니냐고, 그러고도
작품과 이상은 남았다며 가당찮게 챙기잖느냐고
그것은 또한 나를 조였다 언뜻
나는 그의 배경이 된 나를 보았다
현실정치에 나서면서 그는
최소한 헤픈 눈물을 조이는 법을 배웠다
그에게 현실은 우리에게보다 더 차갑다
그는 큰 실수는 안할 것이다
누구처럼 이 정권은 곧 망한다고
45년간을 똑같이 반복하지도 않을 것이다
역사적으로 맑스 이래 묵시록을
읊조리며 예언 실현 날짜를 연장해왔던 사람은
결국 자신의 명망 장례식 날짜를 연장시켰을 뿐
대열에서 족쇄였다 철 지난 세월의, 더군다나
1987년 남한 노동자투쟁 때 1945년에나

일어날 수 있는 그것이 도저히 믿을 수 없다는,
그러므로 전세계 좌파의 희망이라고
울산을 향해 혈안했다는 일본 좌파보다도
그가 백배 낫다 과학도 인품도, 열정도.
내게도 그에게도 아직 중요한 것은
노동자의 진출이 아니고 성장이다
그것은 '아직'이 아니고 '이미'일지 모른다
그것이 현실에 있는 그의 관념이고
운동에 있는 나의 현실이다 내가 무슨
그렇다고 니들보고 문선대 하라는 거 아냐,
아니라구. 진심인데도 난 두 손을 내저었다
그러나 차마 '그렇다고'를 '그러므로'로
바꾸진 못하였다
그가 꼭 당선하는 일은
좌파 우파를 가리는 것보다 내게 훨씬 더
눈물겹지만 추억을 향해 있는
현재의 그의 처지나 내 처지가 그렇다

둘이 합쳐 현실을 파먹기보다는
제 살 깎아먹기밖에 안된다 그도 그 점에선
그쪽에서 누추한 과격인사다 그의 선거공약은
절대 과격하지 않겠다는 것이다
그는 나보다 답답하다 나이 든 선배일수록
못 사는 게 죄가 되는
그런 풍토를 내가 갈망하기 때문이다
분명 그와의 인연은
공산주의가 연결고리였던 것은 아니지만
사람들 사이에 뭔가 있던 것이
세상 사이에 없어진 것은 사실이다 그렇지만
공허를 빌미로 아주 오랜만에 그를 만날 수는
없고, 그도 그렇겠지 그가
공허가 미안했던 것은 아니잖는가
오로지 미래에 대해 미안해할 때만
우린 헤어져 있을 자격이 있는 것 아닌가
선거 뒤 그를 만나면 우리가 팽팽한

끈이 될 수 있을까 몰라 공허를
채울 수 있을까 몰라 그것이 이어지면
자본주의의 안팎을
뒤집을 수 있을까
그가 전화를 했다

안   경

그의 최근 삶을 보여주듯이
만지지 않아도 니코틴 묻어나는
더께 쌓인 검은 뿔테가 더 두껍다
호프집은 밝아서 그의 안경알이
반가운 표정보다 먼저 빛난다
그리고 호프집은 너무 넓기도 해서
그보다는 어둔 곳에 앉아 나는 더 어두운
그의 표정을 볼 수 있다 '그래,
아직 나를 보고 있는 것은
눈앞의 안경알이야, 지독하군.'
오늘도 나는 500씨씨 생맥주잔을 늘리며
섣불리 그를 위로하지 않으면 안된다
'그렇군, 여기도 체인이야'
일년 내내 장마 냄새를 못 빼는
지하카페나 OB BEAR 시음장 시절은 갔다
안주가 더 비싸니 두 배로 망한 거나
'다름없지. 질도 그렇구.'

왜 자본론은 침략에서 맞고 건설에서
실패했을까, 무산자 맑스의 한계일까
아니면 우리가 그의 역사를
'여직 더 파야 한단 말야?'
여종업원만큼도 그는 웃지 않았지만,
술을 못 먹는 평소보다
대여섯 배를 더 채우고 나서
그가 안경알을 번득이며 대답했다
이제서야 생각났다는 듯이
그는 항상 그런 식이지만
나는 그가 과거 같지는 않다
'김형 우리가, 맑스주의잔가?
아직 멀었어, 난 그래.'
예상했다는 듯 뒤통수를 내주었지만
내가 보기에 그가
우리한테 실패가 모자라다는 뜻은
아닌 것 같았다 그러기엔 너무

자신을 파고드는 폼이었으니까
확실히 우리는 그 이후의 과거를 아직
미래를 여는 창으로 만들지 못했다
'청년시절 맑스의 적은
우리보다 부유했을까?'
양적인 모자람을 질적인 유리함으로
전화시키고 동시에 적의 무기로 적을 친
맑스보다 그는 부유하고 당연히
그는 맑스보다 백년 넘게 유식하지만
'맞아 우리 아직.'
맑스주의자가 아니다
'이중으로 모자라지, 그게 되려면.'
아직은 술이 모자라 그가 다시 술로
배를 채웠고 나도 그랬고 그가 계산을 했다
누구의 배를 정말 불렸는지 그날 우리는
묻지 않았다 스스로에게도.
오히려 이중으로 모자란 그와 내가

그날 4차까지 가고 헤어졌다
교수인 그는 지하철 막차를 탔다
나는 택시를 타고 꽤 미인이었던
호프집 알프스 복장의 여종업원 얼굴과
그의 안경테가 밤 한강 파돗물에
출렁이는 것을 달리며 보았다
그 뒤 며칠 동안 다시 그는 두문불출이다
나는 궁금하지 않다 다만 그의 내용을 위해
나의 껍질로, 온 세계를 감싸안는
리허설중이다 그게 몸싸움일지
며칠 후 그에게 물어봐야 한다

제 4 부

희망, 8행시

헌책방

포클레인

정거장

희망의 나이

서울 6백년

이   별

社會的

반   성

家   系

그   후

罷   場

灼   熱

손

노   인

맑은 집

左   派

포근한 여자

12년 뒤, 결혼

新   入

등

종   말

헌 책 방

망하지 않았다면 절망했으리
그 사이에 네가 있다
내가 진열창 밖에서 여직
그 속에 있으므로 더욱 그렇다
식구들은 안녕할 것인가
낭만적이던 것은 끝났다 모두
시대는 수척하지 않고 날씬하다
그 사이에 내가 있다

포클레인

경사진 것은 모두 하늘을 향해 있다
동시에 가장 질척한 공사장 밑바닥에
쇠바퀴체인이 둔중한 뿌리를 내린다
찬송가를 좋아한다 흑인 여가수의
격렬하면서, 흐느낌을 육체 속에 묻는
발가벗은 뭔가가 너무 무겁다는 뜻이다
가능하다면 집단적인 율동을 좋아한다
열망의 형언, 그러나 소유하면 탕진한다

정 거 장

착각하지 않으면 외곽은 튼튼하다
한복판은 당분간 관념론이다
뒤집어도 마찬가지다 변두리
너를 보낸 가게에서 속이 허하여
삶은 계란을 두 개 깠다 껍질을
두 개 더, 가난했던 시절의 추억을 위해
착각하지 않으면 추억도 아름답다 더
비어 있으라 더 세상을 담기 위하여

희망의 나이

이제 알지 계단은 오를 때보다
내릴 때 더 힘이 든다 다리가
후들거리고 열광이 식는다 역사가
계단이어서가 아니다 오르막이
있었다면 이토록 숨차지 않으리라
물려주어야 할 무게 때문이다
고층건물도 뒤집어보면 계단이다
네가 따르고 네가 앞서간다

서울 6백년

퇴근할 때 사람들은 역사를 이야기한다
제 혼자 사소하게,
간직하는 것은 죄가 아니다
창 밖으로 길이 흘러간다 사람들도 불빛도
강물을 넘어 목적지가 사소한 것이
다행이지. 비로소 욕심이 희망과
분리된 시대가 왔는가, 이상이 없다면
혁명은 이미 떠나온 것에서 왔다

이   별

유리창 하나 두고 안쓰러웠다
가슴에 든 허허벌판이 보였다
서로의, 그 뒤의 허허벌판도 유리창
네 눈 속에 든 내 눈 속에 허허벌판
그 속에서 벌써 밤거리가, 화려한 생애가
흘러간다 눈물 벽이 바깥
유리창에 덧씌워진다 울지 마라
우린 벌써 몇 겹으로 만나고 있는가

社 會 的

구득살 배겼다
겨우 그만큼 살아왔다는 뜻이고
벗어났다는 뜻이다
이왕이면 어제는 오늘의
교조라서 누추한 것이 좋다
흔쾌히 발톱을
깎아야 한다 유언장처럼
내 희망은 지금 몇살인가

반   성

이제사 통로를 볼 뿐이다
나는 다시 강건한 목재 앞에 서 있다
목재는 가난하게 사는 것이
원통하지 않다, 또 무슨 변명을 하는 게야
그래, 외할아버지는 호통이 심하셨다
그 아래로 기죽지 않는 것이 유업이던
모든 친척들이 내려온다 수백명씩 역사여
모자라는 것은 너의 안팎인 통로이다

家　系

오징어땅콩, 초코볼
그 사이에 우린 살았다 조금씩은
과거에 더 가깝게 새우젓부터
극장가를 거쳐 오늘에 이르기까지
파묻히지 않고 주렁주렁 열렸다
승리보다 조금 패배했고
그래서 언제나 패배보다
조금은 돌출한 나의 家系

그   후

들뜬 것에는 시간이 없다
정반대가 교차한다 잊고 싶을 뿐이다
세상이 완성되었다고 믿고 싶다
그러나 아직 완성된 것은 잊혀진다
망각이 이미 가난한 친척보다 더 깊숙하다
자본주의여 네가 너에게 잊혀진다 조직하라
삶이여 오늘도 벌써 아침신문은
통로보다 깊지 않은 현실이 감동적이다

罷　　場

최후가 다가올수록 남은 사람들이
식탁 주변에 몰려 복장을 밀착시켰다
창립 4주년 기념식. 그래 떠날 때가
될수록 가슴에 불을 지폈다 가슴에
묻힌 역사가 한파였을까 그래 바깥의
바깥까지 가야 따스하지 집도 사랑도
봐, 거리는 예상보다 더 춥잖아 앞으로
후회하지 않고도 뜨거울 수 있을까

灼　　熱

타락하는 것은 없다 의지가, 있을 뿐이다
장작불이 탄다 조금은 지쳐 있다는 듯이
거짓말이다 얼굴은 추울 뿐 타지 않는다
더 깊은 곳을 파기 위하여 누군가
필생으로 남아 있어야 한다 세상보다 높은
체온으로 채우고 지금보다 더 날개가 추운
두 손을 비벼야 한다
거짓말이다 두 뺨은 춥지 않고 눈물범벅이다

손

2천년 묵은 나의 왼손이
더 오래된 오른손을 의지한다
나이 들수록 우린 아직 반영이 아니고
반응에 불과했던 것 같으다
그래서 나는 좌파고 그럴수록
이제 매맞을 사람이 많지 않다
젊고 늙는 것은 오래된 일이다
그에 비하면 격차는 얼마나 천박한가

노   인

문제는 맑은 마음이 아니고
나이 들수록 맑아지는 마음이다
그것은 육체와 직결된다
6·25전쟁 이래 우리나라엔
대학총장 같은 청소부가 없다
마음이 찌들었거나 몸이 망가졌거나
둘 중 하나다 그건 45년 경력을 가진
좌파가 없다는 얘기다 당연찮는가

맑은 집

맑은 집은 없다 시냇물도 산새도 우짖지 않는다
해매는 것은 너의 마음 속이다 맑은 집
뭔가를 뒤집어야 한다 크게 어려운 일은 아니다
앞을 보라 세월 앞에 눈이 펄펄 내린다
뒤를 볼 때만 갈라지는 것이 정말로 갈라진다
눈이 펄펄 내린다 겉보기에, 어릴 때와 다름없이
깊은 것과, 만나는 것과 뒤집는 것이 더 밀접하다
그 속에 내 아이들이 있다 맑은 것은 역사이다

左　　派

그래 따지고 보면 나이를 먹는 일은
모든 게 다 있고 형식만 없다는 것이다
좌파만 없다 혁명은 반나마
우리가 미워하던 쪽에서 이뤄졌다
그래서 더욱, 미워하면 안된다, 조급하게
전셋돈을 빼서 어찌 혁명을 이리로
옮겨오겠는가 가서 장식으로 남겠는가
모든 게 있다 좌파만 없다

포근한 여자

나는 후대가 포근한 여자였으면 좋겠다
너무 포근해서 범접할 수 없는 그러나
접근하지 않아도 푹신푹신했으면 좋겠다
당분간 그렇지 않으리라는 것을 나는 안다
골반과 골반이 부딪쳐 아프리라 최소한
그게 후대 탓은 아니었으면 더 최소한
후대와 후대의 바깥 사이는 그랬으면 좋겠다
하지만 부질없다 나의 접촉만을 나는 안다

12년 뒤, 결혼

그가 결혼을 했다 나보다 12년 뒤에
그만큼 여자가
그의 생애를 주도한다 젊어서가 아니다
12년 늦게 결혼하면서 그는 결혼식장에서
그 두 배를 늙어버렸다 사람들의 축하도
애 같기보다는 노망에 가까운 그가 나는
행복해 보였다 육체보다 늙을 수 있는 것은
몇천년 뒤를 산다는 것이다

新　　入

처음이 왔다, 내 앞에 물론 나는 그의
역사를 안다 처음인 것은 앞으로의 역사이다
그가 내게로 들어오지 않는다
거꾸로, 내가 그에게로 들어간다
그를 가로막는 것은 이제까지의
일이 잘못됐다는 뜻이다 당분간
그의 신입은 형식이고 둘이 될 때까지
두 겹이 될 때까지 나는 예비회원이다

등

사람들이 내게서 사방으로
등을 돌리고 그 등을 통해
나는 현실을 본다 본질까지
등은 야속하지 않다 사람들이
통로일 뿐이다 갈수록
그것이 줄지 않는다 끝까지
나는 행복하다 사람들 마음에
등이 있다 그들도 행복하길 바란다

종   말

너무 뒤집었다 그것도
몸뿐이다
콧구멍만 남아
동굴에 바람이 흉흉하다
내가 이리 기괴하게 살아있다
자본주의의 **裏面**으로서
되돌아보면 눈 내려 시간이 깔리고
아무도 없다

방법론적 반성 또는 반성의 방법론
김정환의 '희망의 나이'와 현실주의의 '희망의 나이'

배   효   룡

1

『희망의 나이』의 시인은 반성하고 있다. 자신과 인류의 당대적 삶을 반성하고 있다. 그 반성은 지금의 삶 속에 '내재된 역사'의 시간구조에 대한 응시이기도 하다. 그 응시 속에 『희망의 나이』 전체 시편을 탄생시키는 시적 형상화의 기본 메커니즘이 자리잡고 있다. 따라서 삶의 시간구조에 대한 이러한 김정환의 반성(인식)을 살펴보는 것으로 나는 이 글을 시작하고자 한다. 요약해서 말하면, 기존의 시인·지식인들이 의지해온 '시간구조 인식에 대한 재방향 설정'이기도 하다. 그것은 한편으로는 바로 노동자 계급의 당대적·역사적인 시간구조 인식의 창출이자, 다른 한편으로는 동시에 '포스트 모더니즘／포스트 공산주의적 삶의 시간구조에 대한 역사적 반성·해부·재창조'에까지 이른다. 그러므로 김정환은 무엇보다 '시간의 시인'이다. 『희망의 나이』 모든 시편들의 '시적 통사론과 시적 정치학'의 생산메커니즘은 무엇보다 바로 이 '반성된 시간구조 인식'을 근거로 해서만 이해될 수 있다.

'시간의 시인'에게 현실을 흐르는 역사적 시간은 한편으로는 '절망적인 것'으로 반성된다. "좌초／실패한 시간"(「첫눈」「올디스」), "그것만도 아파서 밤새 전신이 찢어진 어제"(「사랑노래 2」), "누추한 이상이 지쳐 앵벌이하는 어제／내일"(「사랑노래 2」), "돌이켜보면 부서지는 과거"(「불혹」), "구겨진 종이처럼 끝난 한 시대"(「사랑노래 5」) 등과 같이, 『희망의 나이』의 모든 시편 도처에서 '절망'의 무게는 '몰락, 좌초, 실패, 누추함, 피눈물 남, 무지, 멸망, 헐벗음, 어두움, 기회주의, 쓸쓸함, 타락, 수척함, 허울'의 시간으로 나타나고, 현실은 절망 속에서 절망에 의해 근본적으로 상처입고 있다.

반면, "문명이 충족한 대낮"(「백만원」), "흔쾌히 누군가의 형식이 될 내일"(「세월」), "모든 것이 제정신을 찾는 것 같은 이제"(「원단」), "수척하지 않고 날씬한 시대"(「헌책방」) 등과 같이, 다른 한편으로는 동시에 당대적 삶은 '희망적이다'. 그것은 '불혹, 역사의 시작, 주장을 세움, 제정신 찾음, 슬기로움, 밝음, 충족함, 생기, 받아들임, 흔쾌함, 더 큰 잠, 날씬함'으로 반성되는 시간들로 채워진다.

그가 도달한 당대적 삶의 역사적 시간구조 인식은 이처럼 '절망／희망'의 양극에 걸쳐 있다. 이것은 별로 새로울 것이 없다. 사실 삶을 이루는 모든 것들이 '절망／희망'의 변증법이지 않겠는가? 그렇다면 이것이 뭐 대단한 것이겠는가? 그리고 이 수준에서는 『희망의 나이』의 '시간구조 인식'이 아직 자신의 독자적이고 '성숙한' 내용·형식의 역사적·사회적인 결합·완성태로 드러나지 않는다. 그것은 아직은 질료 수준에 머무는 내용이자 형식으로 분리되어 있고, 이질적으로 혼재되어 있을 뿐이다. 그렇다면 무엇이 이러한 질료적인 형식·내용의 혼재를 완숙한 역사적·사회적 결합으로 이끄는가? 이것이 관건이다.

나는 그것이 다름아닌 김정환 자신의 역사적 자기이해에 관련된 그 무엇(etwas)이라고 생각한다. 그것은 바로 자신이 참여하고 접목시켜온 한국적·세계적 차원에서의 과학적 사회주의운동의 역사적 전통에서 비롯된다. 구체적으로 그것은 김정환의 번역·저술활동이라든가, 현시기 사회운동 속에서 그가 맡아온 역할 등등을 지시하는 것일 수도 있다. 그러나 단지 변혁적 활동가가 아니라, 시인으로서의 김정환을 이해함에 있어 더욱 중요한 것은, 그러한 활동을 통해서 시인 자신이 역사유물론의 변증법적 시간관의 김정환적인 체화를 시도한다는 점에 있다. 이로 인해 당대적 삶이 절망과 희망의 양극 사이의 단선적인 외줄 타기가 아니라, 대립되는 '절망/희망'의 양겹이 튼튼하고 풍성하게 통일된 하나의 현실적 운동체로 창조되는 것이다. 따라서 이러한 풍성한 통일을 낳는 김정환적인 역사유물론적 시간인식을 살펴보자. 이 부분이 김정환이 수행하고 있는 '방법론적 반성'의 비밀이다.

이러한 김정환적인 시간은 다름아닌 '사랑과 지혜'의 시간이다. '사랑'이나 '지혜'나 얼마나 좋은 것인가? 이렇게 좋은 것이 양겹 통일의 핵심이기 때문에 『희망의 나이』의 시간구조 인식이 탁월하다는 말을 하려는 게 아니다. 나의 목적은 어떠한 종류의 사랑과 지혜이기에 '절망/희망'의 양겹 '통일'이 그토록 참신하고 의미심장한가를 말하려

109

는 것이다. 즉 매우 독자적이고 역사유물론적인 '사랑과 지혜'가 김정환에 의해 만들어져 나온다는 것이다. 어떻게 만들어져 나오는가?

(1) 시간의 보편적·추상적 현재태를 순간-영원, 과거-현재-미래의 '변증법적 동시성'의 구체적·역사적 구조로 인식함으로써만 김정환의 '사랑과 지혜'는 만들어진다. "한순간에 집약된 수만년 인간 정신"(『사랑노래 1』), "몇천만년을 산 일생"(『사랑노래 8』), "2천년 묵은 나의 왼손이 더 오래된 오른손을 의지한다"(『손』), "육체보다 늙을 수 있는 것은 몇천년 뒤를 산다는 것이다"(『12년 뒤, 결혼』) 등과 같이, 한순간-수만년, 십년-한시대, 과거-미래, 일생-몇천만년이 현재의 지점에서 서로의 역사적·사회적인 속과 밖의 양겹을 이룬다. 즉 김정환에게 인류의 시간은 역사유물론적으로 그 씨앗-결실이, 그리고 실천-전망이 나선적으로 통합된 현재태를 이룬다.

시간순서의 이러한 나선적 통합(또는 변증법적 동시화)의 방법론적 추진력에 의해 당대 역사의 제 사태 속에서 대립되는 '절망/희망'의 경향들이 김정환에게서는 사회주의·공산주의를 향한 강력한 현실 전진운동체로 통일된다. 과거-미래는 이 운동체의 동시적인 '지금-여기'에서의 다양한 역사유물론적 겹들이 된다. 그러므로 『희망의 나이』에서 모든 미숙한 부정적인 현재의 가치들은 성숙하고 긍정적인 미래의 결실들의 다른 모습이 되고(절망/희망의 상호침투와 변환), 과거보다 더욱 전진한 것이 현재의 몰락과 패배이고, 현재의 몰락과 패배는 또한 미래로의 이중적 전진·승리 운동이 되는 나선적인 '절망/희망'의 양겹 통합이 형상화된다. 당대적 삶의 제 요소들에 대한 시인의 사랑과 지혜가 이러한 시간구조 인식에서 비롯되고, 이런 역사적 사랑·지혜가 있는 한 어떠한 절망도, 희망도 현상을 지배할 수는 없는 것이다.

또한 이런 종류의 시간구조는 전통적인 '시간관'과 달리 시간은 개념이 아니라 육체가 된다. 『희망의 나이』에서 이런 변증법적인 시간은 다름아닌 인간들의 '앞뒤 세대간의 역사적·정치적 연결', 인간세대의 역사적·사회적 '육화'(시인 자신의 용어)가 된다. 그리고 시인은 자신을 이런 시간·인간화의 '매개고리'로 인식하고 있고, 여기서 인간세대 속에 놓인 자신의 아이덴티티에 대한 역사적·사회적 안정감, 또는 성숙한 임무감이 비롯된다.

(2) 자신(또는 자기세대)이 당대적인 한국과 세계의 삶에서 '뒷세대와 앞세대 인간들의 결합'에 대한 임무와 애정의 중심점임을 자각하는 데에서 '시간의 시인'이 지닌 사랑과 지혜가 사회적으로 생성된다.

"둘 사이 이슬이 무산되는 시간"(「사랑노래 1」), "보다 모질고 보다 넓은 후배의 어린 시절"(「후배」), "어둡지만 찬란한 밤과 패배뿐인 쨍쨍한 낮"(「후배」), "그것만도 아파서 밤새 전신이 찢어진 어제"(「사랑노래 2」)라고 김정환은 후배, 뒷세대 즉 자신의 역사적 미래시간이자 자신의 역사적 뒷시간을 노래한다.

동시에 선배세대들의 안쓰러움과 누추함과 열광과 감동에 대해 시인은, "몇년 전 결별할 때처럼 피눈물나는 임신년"(「연하장」), "나이를 안 먹는 것보다 잘 먹는 걸 고민할 나이"(「구타」), "화려하게 눈물 흘렸던 사람이 정작 슬픈 이제"(「행진곡」), "오늘의 교조라서 누추한 것이 좋은 어제"(「사회적」), "여생을 미리 보며 사람들이 감동하다가 잊어버린 세월과 역사"(「불혹」), "죽은 자와 통신을 하는 반성이 모자라는 때"(「죽은자 통신」)와 같이, 후배에 대해서 보다 더 절절한 자기반성과 절망과 희망을 토로한다.

이런 애정과 자각의 반성적 정화를 통해, 이제 시인에게는 이런 뒷세대와 앞세대의 연결 고리로서의 자기 위치에 대한 인식이 분명해진다. 그리고 이 위치가 바로 사회주의 변혁(현실주의 예술) 실현의 통로를 찾아내려는 자신의 위치이다. 이러한 자신의 위치는 웃음소리가 거꾸러져버린 불혹의 시작이자, 미지의 불혹("알 수 없는 것 앞에서 더 이상 미혹되지 않는다!"라는 다소 오만한 자신감)이다. 달리 말해 그것은 "뭔가 어긋나 있고 뭔가 배경이 있고 그게 맞는 것 같은"(「사랑노래 7」) 부드러움으로 "모든 것을 통로로 받아들이는"(「사랑노래 9」), 후배들 앞에서는 여전히 난감하고 힘든 설득에 힘을 쏟는 베테랑 전사로 형상화된다.

'시간구조 인식의 변증법적 동시성'이 이렇게 세대간의 인간적 연결을 통해 정치화·사회화함으로써, 역사적 현재와 내일의 '연결선=통로 내용'은 아직 미완성일지라도, 그 '통로를 느끼는 것'에 대한 형상만은 분명해지는 최종적 낙관에 시인은 도달한다. 그것이 바로 '희망의 나이'이다. "수척하지 않고 날씬한 시대"(「헌책방」)에 "흔쾌히 누군가의 형식이 될 내일"(「세월」)을 시인은 희망하고 감지한다. 그것의 느낌은 "최소한 멸망보다 멸망의 뿌리 더 깊이 더 깊이 빠져나가는"(「사랑노래 6」) 전진운동의 느낌이다

이렇게 전진운동하는 시간과 세대와 세대 간의 연결에

대한 확고한 희망과 믿음이 「등」에서와 같은 당대적 삶과 동시대 인간들에 대한 시인의 열린 사랑으로 정착된다. 그 전문을 옮겨본다.

> 사람들이 내게서 사방으로
> 등을 돌리고 그 등을 통해
> 나는 현실을 본다 본질까지
> 등은 야속하지 않다 사람들이
> 통로일 뿐이다 갈수록
> 그것이 줄지 않는다 끝까지
> 나는 행복하다 사람들 마음에
> 등이 있다 그들도 행복하길 바란다

이상과 같은 당대적 삶이 지닌 '절망/희망'의 양겹이 인간세대간을 연결시키는 그 주체의 '사랑과 지혜'를 통해 전인류적인 전진하는 시간운동체가 되는 반성의 방법에는 다음과 같은 역사적 경향이 내재되어 있다고 나는 생각한다. 첫째, 한국의 사회주의 예술운동에도 이제 불혹의 나이에 이른 현실주의 예술가들의 대열이 형성되고 있다. 둘째, 이 불혹의 사회주의 현실주의 예술가들의 당대 현실인식의 방법은 유례없이 독특하고 탁월하다. 셋째, 이 특징적인 당대 현실인식의 방법은 우리의 지성사를 살찌우는 당대적이고 보편적인 자산의 하나가 될 것이다. 즉 『희망의 나이』가 성취해낸 '새로운 형상의 시간구조 인식'은 노동자계급적·사회주의적·현실주의적 세계전유의 전범의 하나가 될 것이라는 점이다.

2

또한, "깃발은 드는 것이 아니다 현실 속에 묻고 또 묻는 것이다"(「전사」), "살 섞으면 초라하다"(「사랑노래 3」), "용서하라, 그렇지 않으면 타락한다"(「사랑노래 4」), "대단한 것은 아직 그 배후가 대단치 않다는 증거일 뿐입니다"(「사랑노래 9」), "이상이 없다면 혁명은 이미 떠나온 것에서 왔다"(「서울 6백년」), "울지마라 우린 벌써 몇겹으로 만나고 있다"(「이별」)와 같은 지적인 잠언들이 『희망의 나이』시편 도처에 비수처럼 산적해 있다. 이런 잠언들은 바로 위에서 거론한 '회귀한 시간구조 인식'에서 비롯되는 '지혜'의 원천이자 산물들이다. 60~70년대의 김수영을 상기시켜주는, 때로는 너무 엉뚱하여 당혹스럽기까지 하는 이런 잠언적 명제들이 자칫 산문적 설명이나 지나친 수사학적 묘사·비유에 빠지기 쉬운 '반성적' 시들에 단단한 지적 긴장감과 결(texture)을 부여해준다. 그것은 시로 씌어진 정치학이다. 그 잠언적 명제들은 때로는 반어적이기도 하고, 어떤 경우에는 비약적인 상징처럼 당혹스럽기도 하고, 또한 아주 참신하게 단정적이기도 하다.

이러한 잠언적 통찰의 전통은 우리 시문학사에서는 마땅히 김수영에게서 비롯된다고 보아야 할 것이다. 우리 시문학사에서 최초로(?) 현대적인 '현대'와 '자아'를 발견했던 김수영의 잠언적 당대성(모더니티)이 김정환에게서 더욱 역사, 사회, 정치적인 것으로 심화된다는 것이다. 이러한 시적 미학의 진일보는, 앞절에서 논한 바의 '당대적 삶을 사회주의를 향한 전진운동체로 파악할 수 있는'

시인의 독특한 시간구조 인식의 방법론적 반성이 지닌 힘에서 유래하는 것이다. 또한 비단 『희망의 나이』뿐만이 아니더라도, 우리는 그의 기존 시편들의 특성으로도 이러한 지적 잠언의 스타일을 지적할 수 있다.

김수영의 경우와 마찬가지로, 이러한 잠언들 중에는 아주 사소한 것에서 촉발되어 나온 것들이 있다. 즉 빚·버릇·목재·포클레인·노래 등등에 대한 잠언들. 그러나 김정환의 지적 통찰력이 돋보이는 것은 아무래도 역사·당파성·이상·혁명 등에 관한 잠언적 명제들, 즉 시적 정치학의 명제들이라고 해야 할 것이다.

이러한 역사적·정치적인 잠언들이 지닌 시적 통찰의 순발력은 엄청나다. 이 순발력은 오직 시인의 자신의 삶에서 온몸으로 부딪쳐온 당대 현실에 대한 반성과 투쟁의 총화이자 통일의 백열상태로서 분출되었다고밖에 볼 수 없다. 이 잠언들이 시인의 시적 에너지의 절정부를 이룬다. '넉넉하고, 무게있고, 명징하고, 거대하고, 완강하고' 등의 시어들은 곧바로 이런 잠언 자체의 효과를 일컫는데 사용해도 무리가 없을 듯하다. 한마디로 말해, 시인의 역사적·정치적 잠언들은 '난해하고 투명하다.' 이 잠언들을 음미할수록, 아주 단단하고 기분좋은 쾌감을 느낀다. 후련하고 단호하게 빚어져 있는 이 지적 유기체들은 마치 깊은 사색의 동굴 속에서 솟아나오는 청량한 샘과 같게 느껴진다. 이러한 미덕과 성취에 대해 놀라움과 부러움을 금할 수 없다. 물론 이런 시적 정치학의 진리성 문제가 제기된다. 즉 잠언의 내용, 시인이 수행한 반성의 '정치적 결론들의 내용이 과연 옳은가'의 문제가 제기된다. 그러나 여기서 이 문제는 다루지 않겠다. 왜냐하면 시인의 정치

적 반성 명제들을 평가할 기준과 척도가 나에겐 역부족일
뿐만 아니라, 이러한 시적 정치학의 진리성을 평가할 기
준이 현시기 우리 지성사에 부재하기 때문이다. 더 나아
가 이러한 반성적인 정치학의 진리성을 검증할 경로 자체
가 그간의 사회운동 내부에서 만들어진 적이 없지 않은
가?

3

한국어는 첨가어이다. 보통 한 개의 한국어 문장은 '행
동자(대명사, 수사, 동사, 명사 등)＋변형자(조사, 동사
어미, 접속사, 부사·형용사형 어미 등의 첨가소들)'의 통
사구조를 이룬다. 특히 한국어 통사구조 안에서 첨가소의
역할은 막중한데, 한국어는 첨가소라는 열찻간에 행동자
란 승객들이 타고 있는 기차와 같은 통사구조를 취한다고
보면 된다. 글쓰는 사람의 사고의 논리가 첨가소로써 문
장의 통사구조상에 물질화·가시화되는 것이 첨가어의 특
징이다. (굴절어의 경우는 이런 사고의 논리는 대부분 어
순을 통해 결정된다.) 따라서 행동자를 제거하고 첨가소
만 연결시켜도, 한국어 문장에서 주체가 지닌 사고의 논
리를 알 수가 있다. 그렇기 때문에 시의 행 갈이가 인도
유럽어권의 시들에서 압운법으로 발달해온 것과는 달리
한국에서는 '첨가소의 논리적 단위'를 기준으로 행해지는
것이다. 그것은 행동자들이 없어도 첨가소만 분명하면 시
적 논리가 분명해지기 때문이다.

이제 『희망의 나이』에서 시 한편을 원문 그대로 인용해
보자. 이 시는 상당히 짧은 편에 속한다. 그리고 사용된

행동자의 의미단위도 별로 난해한 것은 없다. 그럼에도
이 시는 매우 복잡하게 읽힌다. 그 이유는 어디에 있는
가? 그것은 바로 첨가소의 논리단위가 모호하기 때문이
라고 나는 생각한다.

    이제서야 우린 만난 것이다, 살 섞으면 초라하다 지
독히
    구체적인 그 모습 그후 수천킬로로도 장거리통화 중
이듯
    흐린 눈이 올 듯 말 듯한 눈에 삼삼함이듯 멸망은 그
런
    이별 같은 것 허망한 것은 삶일 뿐 다만 멸망은 떠나
가지
    않고 왔으니, if의 현실로, 70년 만에. 다 살지 못할
삶이
    미리 원통할 뿐, 잘 왔다. 그대 멸망, 쏟아지는 눈이
지상의
    시간에 머물며 두 뺨의 눈물로 녹아내리듯이, 안녕
그대

——「사랑노래 3」전문

읽어보면 엄청난 당혹감을 느끼는데, 각 행에 배치된
첨가소들이 서로 어떻게 누구와 짝을 지어 배열되어야 하
는지 혼란스럽다.
    다시말해, 첫번째 혼란으로는, 1행의 '지독히'가 그 앞
의 형용사(초라하다)를 수식하는 부사어인지, 아니면 2행
의 관형사(구체적인)를 수식하는 것인지 모호하다. 또한

1행의 '초라하다'의 주어는 1행의 '우리'인지 아니면 2행의 '그 모습'인지 모호하다.

두번째 혼란으로 2행의 '통화 중이듯'과 3행의 '삼삼함이 듯'과 연결되는 주어／술어 첨가소는 무엇인가? 주어는 2행의 '구체적인 그 모습'인가 3행의 '멸망'인가? 술어는 1행의 '초라하다'인가 4·5행의 '떠나가지 않고 왔으니'인가? 모호하다.

세번째 어려움으로는, 4행의 '이별 같은 것'의 경우, 3행의 '멸망'이 주어인가? 아니면 4행의 '삶일 뿐'이 술어인가?

네번째로는, 1~5행까지 커다란 첨가소 논리단위는 ① 이제~만난 것이다, ② 살~구체적인 그 모습, ③ 그후 ~70년 만에인가? 아니면 ①, ② 살~지독히, ③ 구체적인~통화 중이듯, ④ 흐린~삼삼함이듯, ⑤ 멸망은~이별 같은 것, ⑥ 허망한~삶일 뿐, ⑦ 다만~70년 만에 인가? 아니면 ①, ② 그후~이별같은 것, ③ 허망한~70년 만에인지?

이상에서처럼, 김정환의 시적 통사구조에서는 일관되게 첨가소의 논리단위가 모호하게 배치된다. 이 점은 한편으로는 시를 읽을 때 다양한 측면에서 독해가 가능하다는 것, 즉 앞으로 내가 '다성적'이고 '과잉된'이라고 부르고자 하는 장점을 지닌 반면, 다른 한편으로는 통사구조의 논리단위의 모호함으로 자칫 의미까지 모호해지는 단점이 나타난다는 것이다. 그러나 이러한 논리단위의 모호함이 자아내는 의미의 모호함을 상쇄시켜주는 장치가 김정환의 시 속에 있다.

① 잠언적 명석성, ② 대립되는 의미단위들의 이중 결

합, ③ 강렬한 수식어라는 3개의 계열-장치들(paradigme 1·2·3)이 김정환 시가 지닌 시적 통사론의 논리적 독해에서의 모호성을 정화시키고, 일관성 있게 만들고, 다성적으로 만든다. 논리적으로 모호한 첨가소-통사구조(syntagme) 사이에 잠언적인 기둥들(paradigme 1)이 들어박혀 내적 통사공간의 뼈대를 '완강하게' 벌여놓는다. 이럼으로써 모호한 통사구조가 과잉된 빈 공간을 갖게 된다. 이 벌려진 틈과 공간에 '대립되는 의미단위'들이 파종되고, 그것들의 이중 통일(paradigme 2)이 회전하며 증식해간다. 마지막으로 화려한 수식어들(paradigme 3)이 이러한 이중적 대립과 통일의 회전운동을 강렬하게 두드러지게 만든다. 전체적인 시의 통사구조는 내적 의미들의 다성적인 울림과 과잉된 의미망을 갖게 된다.

이것은 다르게 말하면 한국어가 김정환을 만나 혹사당하는 것이다. 극한까지 회전·팽창하는 한국어의 시적 통사구조를 우리는 김정환의 시에서 보고 있는 것이다. 이런 통사론을 읽어낼 수 있는 훈련이 우리 시문학사(지성사)에서 전통적으로 부족했다고 나는 생각한다. 달리 말해, 시에서의 현실주의 훈련·비평이 없었다는 것이다. 여기에서 시인 김정환에 대한 정당한 평가의 부재와 그 지난함의 일단을 짐작할 수 있다. 어쨌든 이러한 시적 통사론은 남한 시문학사(지성사)에서는 매우 고무적이고 귀중한 성과라고 나는 생각한다.

4

나의 좁은 생각일지 모르지만, 21세기로 넘어가는 현재의 시점에서 가늠되는 우리 시문학사(지성사)의 미래는 그리 밝지 못한 것 같다. 진보적이고 현실주의적인 진영뿐만 아니라, 부르조아적인 '순수한' 이데올로그들에게도 이런 사정은 별로 나을 바가 없다. 보다 근본적으로 말해, 이들의 경우 현실을 반성하고 대안을 창출할 만한 사고의 문제틀(problematique)/인식소(episteme) 자체가 함량미달인 것이다. 『희망의 나이』는 이러한 상황에 하나의 '희망'을 예시하는 사건으로 나타난다.

이미 살펴본 바와 같이, 현실세계를 전유할 수 있는 사고의 현실주의적 문제틀이 김정환에게서 새롭게 구성되고 있다. 시공간구조의 인식에 있어서, 형이상학적이거나 단순히 원론적인 변증법적 시간관이 아닌, 새롭게 체화되고 우리 것으로 세계화된 방법론(적 원리)이 제시되고 있다. 김수영에게서 최초로 발견되는 '현대'와 '자아'의 잠언적 명석성이 정치적·역사적으로 심화되고 있다. 시적 통사론에서 극한적으로 과잉된 복합구조의 시학이 창조된다. 이 점이 현시기 현실주의자들이 소중하게 음미해야 할 사회주의 현실주의 문예운동 원년세대가 이룩한 성과이고 도약지점이다. 아래에 서술하는 『희망의 나이』에 대한 나의 몇가지 불만은 따라서 이 도약지점에서 시작되는 현실주의의 '희망의 나이'를 위한 잠정적인 생각이다.

먼저, '반성의 변증법'이 이렇게까지 다성적인, 과잉된 것이 될 필요가 있을까 하는 점이다. 대체로 노발리스나 릴케, 로트레아몽이나 말라르메, 현대에서는 첼란 등이 매우 복잡한 시적 통사론을 전개시켰다고 보여지는데, 그들의 공통점은 '시적 정서와 지성'의 결합수준이 낭만주의적·상징주의적·초현실주의적 환영(illusion)을 통해 드러

난다는 점에 있다. 즉 비지성적인 것, '감성적인 상응·교감(correspondence)'을 그들이 추구했다는 것이다. 이에 비해 김정환의 반성이란 그 자체가 이성적인 실천이다. 나는 『희망의 나이』전체 시편이, 보다 평이한 첨가소의 논리적 단위로 재배열되었으면 하는 솔직한 바람을 갖고 있다. '반성'을 수행함에 있어 필요한 것은 지적 명석함과 증폭·팽창되는 반성적 정신의 에너지이자, 전진운동이지 화려한 다성적 울림은 아니지 않겠는가? '화려하고 다성적인 반성'은 너무 지나친 멋부림이 아닐까? 첨가소의 논리연결이 현재보다 훨씬 더 간명한 통사론, 여기에 강하게 나선적으로 전진하고 회전하는 의미단위들이 더해지는 것이 '반성'행위를 담기에 더 적절한 통사구조가 아닐까 하고 나는 생각한다.

두번째로, 지성의 지나친 명징함과 명석함에 대한 것이다. 더 정확히 말하면, 그 명석성이 다만 잠언적인 명제들로만 머무는 것에 대한 것이다. 손쉽게 '서정의 부족'이라고 지적하자는 것이 아니다. 오히려 서정은 부족하기는커녕, 넘칠 정도로 화려하고 풍요하다. 그러므로 내가 말하려는 것은, 그 명석성이 또는 그 잠언성이 '미래에 나타날 새로운 인류의 욕망과 감각을 보다 구체적으로 육체화'하는 것에까지 확장되었으면 하는 바람이다. 다시 말해서 『희망의 나이』에서 이룩된 시간구조 인식이 공간구조 인식으로까지 확장되기를 원한다는 것이다. 잠언적 명석성이, 세대와 세대 간의 정치적·사회적 역할모델에 대한 묘사가 아니라, 아주 구체적이고 육체적인 생활묘사에 이용되기를 바라는 것이다. 분명히 『희망의 나이』에서 설정된 반성이 말 그대로 '경로(통로)', 즉 관계라는 본래 추상적인 성질의 것에 대한 반성이기 때문에 그 지적 명석성이 더욱 두드러져 보이는 탓도 있다. 그렇지만 역시 현실주의의 장점이 추상적 관념보다는 물질주의(유물론), 보편보다는 구체성, 정신주의보다는 '육체주의'를 형상화하는 데에 있다면, 시간구조 반성에서 이룩된 지적 명석성이 끈쩍끈쩍하고 원색적이기까지 한 '육체적 생활의 형상'으로 확장·심화되어야 할 것이다. 『희망의 나이』는 이런 점에서 오히려 김정환의 이전 시집인 『기차에 대하여』의 「불멸의 역사」 시편에 형상화된 구체적이고 물질적인 육체적 생활의 형상이 지닌 유물론적 힘을 갖고 있지는 못하다.

마지막으로 지적하고자 하는 점은 보다 어렵고 미묘한 문제이기도 하다. 다름아닌 『희망의 나이』에서 이룩된 변증법적 시간구조 인식을 현실주의자들이 더욱 고도화해야 하지 않는가 하는 점이다. 즉 『희망의 나이』에서 이룩된 시간구조의 나선적·변증법적 동시성과 그것의 인간·역사화의 방식은 아직 덜 완성된 것이라고 나는 생각한다. 나는 『희망의 나이』의 시간구조 인식 속에는 아직 일정정도의 의식의 변증법이 잔존해 있지 않는가라는 다소간의 의심을 갖고 있다. 이 점에 관해 길게 논하지는 않겠다. 다만 이 점에 관해서 나는 알뛰쎄의 의견을 인용함으로써 나의 의견을 대신하고자 한다.

우리는 거기에서도 서로 통합되지 못하는 서로 관련이 없는, 공존하며 서로 교차되지만 말하자면 결코 서로 만나지 못하는 그런 시간형식들을 발견한다 … 의식의 근본이며 인지되기를 기다리고 있는, 예기치 않던 현실에 의거한 의식의 환상들(항상 스스로 변증법이라고 믿고 있고 그런 형태를 취하고 있는)에 대한 진정한 비판, 그릇된 변증법(갈등, 드라마 등)에 대한 진정한 비판의 가능성은 … 특히 변증법적 시간성과 비변증법적 시간성 간의 외적인 관계가 없는 공존에 근거한다 … 우리는 거기에서 모든 이데올로기적 의식의 형식이 그것의 내적 변증법에 의해 그 자신으로부터 빠져 나가는 방법을 그것 자체에 내포하고 있기가 불가능하다는, 엄격히 말해 **의식의 변증법은 없다는**, 즉 그것 자체의 모순에 의해 그것 자체의 실제에 도달할 수 있는 의식의 변증법은 없다는 마르크스의 근본원리를 쉽게 발견할 수 있다. (「"피꼴로" 베르톨라찌와 브레히트」, 『마르크스를 위하여』, 백의 1991, 164~65면)

이상으로 『희망의 나이』에 대한 나름대로 조야한 평가를 마친다. 『희망의 나이』에는 우리 현대사에서는 유래가 드문 모종의 지적·예술적 자산들이 담겨 있다. 그것은 사회주의 예술운동의 원년세대 현실주의자의 한 사람에 의해 이룩되었다. 그는 자신의 지적·예술적 생애 전체를 한국·세계적 차원의 역사적·정치적 변혁운동에 일치시키려고 노력해왔다. 그렇기 때문에 그가 도달한 지점의 시문학사(지성사)적 성과와 한계는 더더욱 가치있고 의미심장하다. 나는 그것의 당대적 보편성을 제대로 소화 흡수하는 것이 후배세대 현실주의자들의 일차적인 할 일이라고 본다.

후   기

사회성과 서정성 사이의 거리를 좁히는 것, 정확히 말
해 그것이 나의 관심사는 아니다. 내게 시의 문제는, 사
회적 서정의 수준을 높이는 문제이다.

1992년 9월

김   정   환

창비시선 107

희망의 나이

초판 1쇄 발행 / 1992년 11월 5일
초판 8쇄 발행 / 2012년 1월 27일

지은이 / 김정환
펴낸이 / 강일우
펴낸곳 / (주)창비
등록 / 1986년 8월 5일 제85호
주소 / 413-120 경기도 파주시 회동길 184
전화 / 031-955-3333
팩시밀리 / 영업 031-955-3399 · 편집 031-955-3400
홈페이지 / www.changbi.com
전자우편 / literat@changbi.com

창비시선 176

바람의 서쪽

장철문 시집

창작과비평사

장 철 문 시인

1966년 전북 장수 출생
        연세대학교 국문학과 졸업
1994년 『창작과비평』 겨울호에 「마른 풀잎의 노래」 외 6편을
        발표하면서 작품활동 시작

표지 그림(판화): 홍선웅
저자 사진: 곽경근